Estrellita

adaptado por Sarah Willson
ilustrado por the Thompson Bros.

Simon & Schuster Libros para niños/Nick Jr.

Nueva York   Londres   Toronto   Sydney   Singapur

Basado en la serie de televisión *Dora la Exploradora*® que se presenta en Nick Jr.®

SIMON & SCHUSTER LIBROS PARA NIÑOS
Publicado bajo el sello editorial de la División Infantil de Simon & Schuster
1230 Avenue of the Americas, New York, New York 10020
© 2002 Viacom International Inc. Traducción © 2003 Viacom International Inc. Todos los derechos reservados.
NICKELODEON, NICK JR., Dora la Exploradora y todos los títulos, logotipos y personajes son
marcas registradas de Viacom International Inc.
Todos los derechos reservados, incluido el derecho a la reproducción total o parcial en cualquier formato.
SIMON & SCHUSTER LIBROS PARA NIÑOS y el sello editorial son marcas registradas de Simon & Schuster.
Publicado originalmente en inglés en 2002 con el título *Little Star* por Simon Spotlight, bajo el sello editorial de la
División Infantil de Simon & Schuster.
Traducción de Argentina Palacios Ziegler
Fabricado en los Estados Unidos de América
Primera edición en lengua española, 2003
10 9 8 7 6 5 4 3 2
ISBN 0-689-86307-1

¡Hola! Soy Dora y éste es mi amigo Boots. ¿Te gusta pedir deseos? Antes de acostarme cada noche, yo le pido un deseo a la primera estrella que veo en el cielo. ¡Ahí está Estrellita—Little Star! ¿La ves allá arriba al lado de su amiga Moon?

¡Ay, no puede ser! Un cometa le dio a Little Star un golpe que la está sacando del cielo. ¡Se está cayendo al suelo!

Tenemos que devolver a Little Star a casa, junto con Moon, para que todo el mundo pueda seguir pidiendo deseos. ¿Nos ayudarías?

¿Cómo podemos ayudar a Little Star a regresar al lado de Moon? Vamos a preguntárselo al Map! Repite conmigo: Map!

Map dice que tenemos que cruzar el puente del troll y luego pasar por el árbol de Tico. De esta manera llegaremos a la montaña alta. Si subimos la montaña alta, podremos devolver a Little Star a casa al lado de Moon.

Llegamos al puente del troll, pero el Grumpy Old Troll no nos permite cruzar hasta que resolvamos su adivinanza. ¿Nos ayuda a resolverla?

El Grumpy Old Troll dice: "Estrella titilante, estrella brillante. ¿Puedes ver las estrellas brillantes? Estrella titilante, estrella brillante. ¿Cuántos estrellas tienes esta noche por delante?"

¿Puedes contar las estrellas? ¡No te olvides de contar a Little Star!

¡Once estrellas! ¡Solucionaste la adivinanza! ¡Gracias por ayudarnos! Ahora sí podemos cruzar el puente. Luego sigue el árbol de Tico. ¿Lo ves?

Let's go! ¡Vamos a llevar a Little Star a casa al lado de Moon, para que todo el mundo pueda seguir pidiéndole deseos!

Éste es nuestro amigo Tico y su casa de ardilla. ¡Hola, Tico! ¡Ay, no puede ser! ¡Oigo a Swiper el zorro! Creo que ese zorro antipático está tratando de llevarse a Little Star. Si ves a Swiper, dile: ¡Swiper, no te la lleves!

¡Lo hiciste! Salvaste a Little Star. Ahora tenemos que subir a la montaña alta. ¿La ves?

Allí está, justo debajo de Moon. ¡Ven, tenemos que apurarnos!
¡Se está haciendo tarde!

¡Ya llegamos a la cima de la montaña alta! Little Star ya casi está en casa. Pero ahora, ¿cómo vamos a llevar a Little Star al cielo al lado de Moon? Vamos a pensarlo.

¡Ya sé! ¡Podemos lanzarla de vuelta al cielo, hacia Moon! ¿Nos ayudas?

Bueno, junta las manos y ahora, cuando contemos hasta tres, lanza las manos hacia arriba, al aire.

Uno . . . dos . . . tres. ¡Allí va!

¡Buen tiro! ¡Lo hicimos! ¡Little Star está de vuelta en el cielo junto con su amiga Moon! ¡Gracias por tu ayuda!

Ahora sí podemos pedir nuestros deseos.

Estrella titilante, estrella brillante,
primera estrella que tengo por delante,
me gustaría, lo que quisiera
es que mi deseo se cumpliera.

Quisiera ver a Little Star todas las noches.
Ahora, tú pide tu deseo.
¡Ojalá que se cumpla! ¡Buenas noches!